Déplacer les montagnes

original story by:
Jennifer Degenhardt

translated and adapted by:
Lilah Perrotti

cover artist: Ella Irving

The original story was written based on a real- life experience of Chelsea Southard in Copper Canyon, Mexico. You can read more about Chelsea and her project, Unus Mundus, at <u>www.unusmundusproject.com</u>.

For Wendy Perrotti who has helped me immensely to get on the right trail on this leg of my life's journey.

TABLE DES MATIÈRES

REMERCIEMENTS

You are able to read this story in French thanks to the translation and adaptation deftness of Lilah Perrotti, a student of the French language and Francophone cultures. With her cultural dexterity, Lilah adapted this story beautifully, and I cannot thank her enough.

A huge *merci* to Françoise Piron for editing the story and making the French more comprehensible for readers. It is an absolutely pleasure to work with her and I am indebted to her for her expertise. Extra special thanks to Françoise's mom, Nicole Piron, from Gland, Switzerland, who consulted for grammatical nuances and other linguistic challenges.

Thank you, too, to Mahmoud Ali for helping me with the translation of the words in Arabic in chapter 8.

The beautiful cover painting was done by Ella Irving, a student at Belmont High School in New Hampshire. I am always pleasantly surprised at student renderings given such short descriptions of the books; this time was no exception. Thank you, Ella!

Thank you, too, to Theresa Marrama for her help with the glossary. It's the most thankless part of creating these books and I'm grateful for the second set of eyes, especially because my French is...let's just say, still novice.

Chapitre 1

Je dois partir.

Je ne peux plus rester ici.

J'ai besoin de donner une nouvelle direction à ma vie.

C'est le matin et Frédéric est déjà au travail. Il est mécanicien dans un garage pour voitures importées. Je suis aussi mécanicienne, mais je travaille avec des motos. J'aime les motos — en fait, je les adore. Les motos sont magnifiques : elles sont belles et rapides. Frédéric n'aime pas vraiment les motos, mais il y a beaucoup de choses que Frédéric n'aime pas. Je commence à penser à la conversation qu'on a eue[1] hier soir :

Frédéric : Qu'est-ce que tu fais demain ?

Moi : Je vais rouler sur Phoenix dans les montagnes. Est-ce que tu aimerais[2] venir ?

---

[1] on a eue : we had.
[2] tu aimerais : you would like.

Frédéric : Tu ne dois pas aller au travail ?

Moi : Non, je ne travaille pas demain. Tu ne veux pas venir avec moi ?

Frédéric : Non, ça ne m'intéresse pas.

Moi : Bon, on serait parti toute la journée. Conduire une moto... dans les montagnes. T'es sûr que tu veux pas venir ?

Frédéric : Non. Et non.

Moi : Tu ne veux pas venir ? Ou tu ne veux pas venir avec *moi* ? On ne passe vraiment pas beaucoup de temps ensemble...

Frédéric : Je ne veux pas y aller et je ne veux pas y aller avec toi. Je ne veux pas passer du temps avec toi.

Moi : Pourquoi ? Pourquoi pas ?

Frédéric : Tu n'es pas la personne qui me convient[3]. Je veux plus passer du temps avec toi.

---

[3] qui lui convient : who is right for me.

Quoi ? *Quoi ?* Je ne suis pas la personne qui lui convient ? Il ne veut pas passer du temps avec moi ? Je m'attendais à ce genre de commentaires de sa part, mais ils ne sont pas nécessaires.

Je dois partir. Cette relation avec Frédéric n'est pas bonne du tout.

Il est temps d'élaborer un plan.

Chapitre 2

Après le petit-déjeuner, j'organise mes affaires pour la journée : mon appareil photo, mon téléphone, mon trépied, de l'eau et de la nourriture. Phoenix et moi, on va partir avant le déjeuner.

Laissez-moi vous expliquer : Phoenix est ma moto, une Suzuki DR650. C'est ma meilleure amie et j'aime passer du temps avec elle.

J'ai tout préparé pour la journée. Je vais rouler pendant quatre heures ou plus, et je vais en profiter pour examiner mes options.

*****

Phoenix et moi allons sur les routes dans la région de Rennes. Il fait beau et il fait soleil. Il ne fait pas trop froid mais il ne fait pas trop chaud non plus. Je porte une veste, des bottes, un jean et mon casque. Je porte toujours un casque.

Je dois profiter de mon tour à moto pour réfléchir à mes projets.

Je veux voyager.
Je veux créer des objets d'art.
Je veux rencontrer plus de gens.
Je veux découvrir d'autres cultures.
Je veux visiter d'autres pays.
Je veux partir avec ma meilleure amie, Phoenix.

Et je ne veux pas partir avec Frédéric.

Oh là là !

Pendant une minute, je m'arrête pour boire de l'eau et pour regarder les montagnes.

C'est vrai, je ne veux plus être avec Frédéric. Je veux voyager seule ou juste avec Phoenix. Est-ce possible ? J'ai beaucoup de choses à planifier.

Chapitre 3

Cette nuit-là, ma conversation avec Frédéric était[4] terrible.

Moi (nerveuse) : Frédéric, je vais voyager à travers le monde avec Phoenix.

Frédéric : Quoi ?

Moi (nerveuse) : Oui. Je vais voyager à moto et faire le tour du monde. Je veux rencontrer plus de gens. Je veux découvrir d'autres cultures et visiter des tas de[5] pays.
Frédéric (agacé) : Je ne veux pas aller dans d'autres pays. J'aime ce pays.

Moi : Je veux découvrir le monde.

Frédéric : Tu vas dans d'autres pays. Sans travail ? Qu'est-ce que tu vas faire ? Ce n'est pas un bon plan. Je ne veux pas venir.

---

[4] était : (it) was.
[5] des tas de : many.

Moi : C'est bien, parce que je ne t'ai pas invité[6].

Frédéric (en colère) : Quoi ?
Moi (moins nerveuse) : Je vais partir seule. Je vais voyager seule avec Phoenix.

Frédéric : Tu as un plan. Ça va être impossible... j'ai peur.

Moi : Oui, j'ai un plan. Moi, je n'ai pas peur.

Ce n'est pas la vérité. Je n'ai pas de plan précis mais...

Frédéric : T'es une fille stupide avec une idée stupide. Ce n'est pas possible...

Moi (plus confiante) : Frédéric, c'est possible. Je vais voyager avec Phoenix. Et la première partie de mon plan commence demain.

Frédéric : T'es une idiote. Tu n'as pas de plan.

---

[6] je ne t'ai pas invité : I didn't invite you.

Moi : (très confiante) : Si, j'ai un plan. Il faut que je rende visite à ma famille et que je me prépare pour mon voyage. Ma nouvelle vie commence demain. Au revoir Frédéric.

J'organise mes affaires ce soir parce que je pars le lendemain.

Chapitre 4

C'est jeudi. Je roule sur Phoenix et on part de Rennes. J'aime la ville avec toutes ses attractions : les musées, l'architecture, les marchés et bien sûr, le cidre. Mais je veux aller voir ma famille qui vit à Neuves-Maisons. Phoenix et moi devons voyager presque 750 km pour y arriver. Neuves-Maisons se trouve dans le nord-est de la France, juste à l'extérieur de Nancy et à deux heures de Strasbourg, direction ouest. La ville compte plus ou moins 6.000 habitants et possède une industrie sidérurgique.

Je suis mécanicienne et grâce à Neuves-Maisons et à l'influence de la ville, je suis aussi soudeuse. Je suis artiste et créatrice. Je suis aussi musicienne, guitariste.

Mais maintenant je suis voyageuse. Et j'ai besoin de partager mon plan avec ma famille et mes amis.

Puisque je voyage de Rennes à Neuves-Maisons, je vais devoir passer des nuits chez différentes personnes. Je regarde mes contacts sur mon portable et pense aux amis que j'ai dans différentes villes. Après mon départ de Bretagne, je dois traverser la majeure partie du nord de la France. Après ça, je vais arriver chez mes parents, à Neuves-Maisons.

Je mets un commentaire sur Instagram.

Mes amis ! Phoenix et moi, on voyage en France. On part de Rennes et on va à Neuves-Maisons.
Est-ce qu'on peut passer la nuit chez vous ? Écrivez-moi si oui.

Presque immédiatement, je reçois des messages de mes amis.

Madeleine au Mans écrit : Bien sûr ! Viens chez nous au Mans !

Aimée et Paul écrivent : On est là, à Chartres.

Camille (lafilledorleans) écrit : Oui ! Tu passes par Orléans ?

Denis et Guillaume (mariés en 2017) écrivent : On veut te voir ! Viens à Paris.

Un ami (peredesfils) à Reims écrit : S'il te plaît ! Arrêtez-vous à Reims. C'est loin de l'autoroute mais...

Je reçois beaucoup plus de messages. J'ai beaucoup d'amis.

Je suis très contente. J'ai des amis dans de nombreuses régions de France. Je suis très heureuse. Une fois encore, je vais avoir l'occasion d'explorer ce magnifique pays. Et de rencontrer plein de gens.

Chapitre 5

Je voyage à travers la France pendant une semaine. Je passe du temps avec mes amis dans différentes villes. Ils sont tellement généreux et ils me donnent de bons conseils pour mon voyage.

Je passe deux nuits à Orléans chez Camille, une amie de l'université.

Un matin, Camille a une bonne idée.

« J'aime ton idée de faire le tour du monde. C'est très original et ambitieux. Mais, comment est-ce que tu vas gagner de l'argent ? »

« Je vais travailler comme mécanicienne. Je suis une bonne mécanicienne. »

Camille répond, « Ouais, t'es une mécanicienne géniale, mais c'est un travail très physique. Si tu veux créer des objets d'art, est-ce que tu vas avoir le temps de réparer des motos ? »

Les commentaires de Camille me font réfléchir. Elle a raison. Comment est-ce que je vais gagner de l'argent ?

Elle dit, « J'ai une idée ! Tu peux enregistrer des livres audio. Comment s'appelle cette entreprise déjà ? »
« Ah oui, c'est « WeReadForYou » Camille, quelle bonne idée ! Je vais envoyer un email à Charles tout de suite. Il est, ou était[7], le chef de production de l'entreprise. Il a peut-être des idées. »

Après cette conversation, je suis plus détendue. Je sais que je peux gagner de l'argent comme mécanicienne, mais c'est un travail difficile. Mais avec mon ordinateur, je peux enregistrer des livres pour gagner de l'argent.

*****

J'organise mes affaires, les mets dans les sacoches attachées à Phoenix et parle à Camille ce matin-là.

---

[7] (il) était : he was.

« Camille, merci pour tout. Je suis ravie de t'avoir revue après toutes ces années. »

« Je t'aime, Claire. Bon courage avec ton voyage. Tu vas faire une page web ? »

« Bien sûr. Je vais l'appeler Unus Mundus. »

« Quel nom intéressant. Qu'est-ce que /veut dire ? »

« Un monde. Avec plus de collaboration dans le monde... bon, tout le monde peut avoir plus d'amis » je lui dis avec un grand sourire. « Plus d'amis. Comme toi et moi. Merci pour tout. Je t'aime aussi, Camille. »

Et avec mon casque sur la tête, Phoenix et moi nous dirigeons vers l'est.

Chapitre 6

Le temps que je passe avec Phoenix est très bon pour moi. J'ai besoin de temps pour réfléchir. Je ne veux pas avoir une autre relation avec quelqu'un comme Frédéric. Frédéric n'est pas le bon partenaire pour moi. Habituellement, je suis indépendante et forte, mais avec lui...

Ce n'est pas important. Ma vie prend une nouvelle direction. Et Frédéric ne fait pas partie de cette nouvelle vie. Phoenix, oui. Frédéric, non. Nous allons d'abord au Maroc. Et du Maroc, nous allons voyager à travers l'Afrique. Mais d'abord, Phoenix et moi devons passer du temps à Neuves-Maisons avec ma famille. Il y a beaucoup de choses à préparer.

*****

Phoenix et moi avons déjà voyagé pendant cinq jours. Presque 600 km. Et quand on arrive à Chaumont, nous avons encore près de cent cinquante kilomètres à faire. Ça représente deux heures de plus à moto, selon le trafic. Et bien sûr, on arrive à une heure chargée à Chaumont.

Pour passer le temps, j'écoute de la musique et pense à ma ville natale de Neuves-Maisons. La ville est une inspiration pour moi. La ville a (ou avait) de nombreuses industries d'acier. Et bien qu'il n'y ait plus de production d'acier, l'esprit de la ville est une inspiration.

Je parle à Phoenix pendant les derniers kilomètres.

« Phoenix, qu'est-ce que tu penses ? Neuves-Maisons est ma ville natale. Ce n'est pas une surprise que j'aime la mécanique et le soudage, n'est-ce pas ? »

Phoenix ne répond pas. On a une relation géniale. Elle est complètement différente de ma relation avec Frédéric. Phoenix me respecte. Et je la respecte aussi.

Après près de deux heures, je vois Neuves-Maisons au loin. Avant d'aller chez mes parents, je vais à ma boulangerie préférée pour acheter des macarons. Il y a des macarons magnifiques ici. Ils sont très connus et délicieux. Ce sont mes macarons préférés. Et j'ai faim.

Chapitre 7

Aujourd'hui, je commence mon voyage.

Encore une fois, j'organise mes affaires pour le grand voyage. Je parle à mes parents avant de partir.

Mon père me dit, « Est-ce que tu as un téléphone satellite ? En cas d'urgence, tu peux nous contacter. »
« Oui papa. Merci. Ce téléphone va être très utile en cas de problème, » je lui dis. « Merci de l'avoir acheté. »
« Ma fille, je suis très fier de toi. Ta mère et moi sommes très fiers. Tu t'es bien préparée. »

« Merci papa. Et merci maman. Je vous aime beaucoup. Je ne pourrais pas faire ce voyage sans vous, » je leur dis.

Ma mère est fière de moi, mais c'est une mère après tout, alors elle est un peu nerveuse. « Prends soin de toi[8], ma fille, » dit-elle.

---

[8] prends soin de toi : take care of yourself.

« Bien sûr, maman, merci pour ton aide. »
Je serre mes parents dans mes bras. Je monte sur Phoenix et je quitte Neuves-Maisons.

Première destination : le Maroc.

Chapitre 8

Je suis à la frontière du Maroc. Il y a des démarches à faire[9], mais ce n'est pas trop compliqué. J'ai dû[10] traverser l'Espagne et Gibraltar, puis prendre un ferry pour traverser le détroit. Je descends du bateau, et en un instant, je suis dans un autre pays, sur un autre continent !

Je suis à Tanger, au Maroc. Je prévois d'aller d'abord à Marrakech puis de me diriger vers le sud pour me rendre dans le Haut Atlas. D'après les photos que j'ai vues sur Google, c'est un endroit incroyable.

Je suis seule, mais ce n'est pas la première fois. Je ne suis pas nerveuse mais... Bon, je ne parle pas beaucoup arabe. Je connais quelques mots : *akl*[11], *hammam*[12], *maa'*[13]. De quoi est-ce que je vais avoir besoin d'autre ? Ha, ha !

---

[9] il y a des démarches à faire : there are steps to be taken.
[10] j'ai dû : I had.
[11] akl (أكل) : eating.
[12] hammam (حمام) : bathroom.
[13] maa' (ماء) : water.

« D'accord Phoenix. Nous sommes arrivées. Merci de ton aide. On a un voyage de cinq heures pour arriver à Marrakech. On va y passer la nuit avant d'aller dans le Haut Atlas.

Phoenix ne dit rien, mais je suis contente d'être avec ma moto. On va faire huit heures de route dans des conditions difficiles. Il ne pleut pas, mais il fait chaud dans le désert. Il fait *très* chaud.

Pour ce merveilleux voyage, je décide de faire des recherches sur les endroits que je voudrais visiter. Et après ça, je planifie mon voyage. Je vais prendre les routes les plus courtes, car à mon avis[14], ce sont les routes les plus intéressantes.

« Phoenix, allons d'abord à Marrakech. C'est une ville près du Haut Atlas. »

Je fais démarrer ma moto, et Phoenix et moi commençons cette partie de notre voyage.

---

[14] car à mon avis : because, in my opinion.

*****

Nous voyageons une heure avant d'avoir besoin de faire une pause. La chaleur est intense et je transpire beaucoup. Après avoir voyagé pendant une heure, je vois une station-service. Je descends de ma moto et je dis « Attends ici, je vais acheter de l'eau. »

Je vais dans le petit magasin. Il y a la climatisation.

J'enlève ma veste et m'assois par terre. « Oh mon Dieu ! Je me sens tellement mieux dans un endroit climatisé. »

Soudain, une femme africaine avec de nombreux tatouages entre dans la station-service. Est-ce que je devrais me méfier[15] ? Je ne suis pas sûre, mais ce n'est pas important. Je suis contente d'être en vie, dans un magasin climatisé.

---

[15] je devrais me méfier : should I be suspicious?

« *Qu'est-ce qui ne va pas ?* » dit-elle en arabe d'une manière impolie.

Je ne parle pas arabe. Qu'est-ce que je devrais faire ?

« *Abbah ! Ne sois pas impolie. Ma sœur, comment ça va ?* » dit une autre femme. Elle est marocaine, avec les cheveux blonds.

Je vois que toutes deux conduisent des motos. La femme blonde est sympathique, et parle avec enthousiasme.

« *Tout va bien ?* » elle demande en arabe.

« Ouais, j'ai trop chaud » je lui dis en français.

Elle regarde la première femme, attendant une traduction. Elle traduit : « *Elle a chaud.* »

La femme comprend le français. Elle est également sympa.

Une des femmes marocaines s'appelle Noor. Elle est motarde et elle est très gentille. Elle me parle beaucoup en arabe. Je ne la comprends pas bien. Mais, après une brève conversation, je décide de continuer mon voyage avec elles.

« Qu'est-ce que tu vas faire pendant ton voyage ? » Noor me demande (Abbah traduit).

« Je veux aider les gens à avoir un meilleur rapport à l'art » je leur dis.
Noor commence à parler beaucoup et très rapidement en arabe. Après quelques minutes, Abbah m'explique, « Nous sommes un groupe de motardes. On peut t'aider. »

Abbah et Noor font partie d'un groupe de motardes. Le nom du groupe est « Miss Moto Maroc ». Ce sont mes premières nouvelles amies de voyage.

J'aime le Maroc. La chaleur est horrible, mais j'aime le Maroc.

Chapitre 9

Je passe trois jours avec Noor et Abbah. Je rencontre beaucoup de gens des Miss Moto après plusieurs jours et je me lie d'amitié avec elles. Les Marocains, en particulier les Miss Motos, sont super gentils.

Je vais partir pour le Haut Atlas le lendemain. Je veux explorer la vallée. Il y a une piste en particulier...

Ce soir-là après le dîner chez elle, Noor me pose une question sur la suite de mon voyage.

« Tu vas aller où demain ? » demande Noor.
« Je vais explorer le Haut Atlas. Plus précisément, je vais explorer le Haut Atlas Central » je lui dis.
« Fais attention, ma sœur. Je sais que tu es une bonne motarde avec beaucoup d'expérience, mais cette région du Maroc est dangereuse.
« Pourquoi ? » je demande. « Est-ce que c'est à cause du peuple ? »
« Non. Les gens ne sont pas un problème. »

Abbah dit : « Parfois, il y a des problèmes avec les sentiers quand il pleut beaucoup. »

« Ça va. Merci pour l'information. Et Noor, merci pour tout. Tu es une amie incroyable. Et Abbah, merci pour ton aide avec Phoenix. »

« Je t'en prie. Prends soin de toi. »

Et le casque sur la tête, je monte sur Phoenix et nous nous dirigeons vers le sud.

Chapitre 10

Phoenix et moi voyageons environ une heure avant d'atteindre les montagnes du Haut Atlas Central et le sentier. Je suis très heureuse d'explorer cette partie du canyon.

Mais j'ai un problème.

Il est impossible de dépasser la première partie du sentier. Cependant, avec les informations que j'ai, il est possible de passer par la deuxième partie. Mais d'abord Phoenix et moi devons traverser une rivière.

La rivière dans cette zone du canyon est très profonde car il y a beaucoup d'eau. Je regarde la rivière et je ne vois pas où traverser. Je vois un pont, mais sa construction n'est pas finie. Mais il y a un pont pour les piétons. Je décide de traverser le pont avec mon équipement d'abord, puis avec Phoenix.

« Phoenix, est-ce que nous sommes folles ? Le pont n'est pas très long. Mais je veux explorer l'autre partie du canyon. Tu es prête ? Allons-y. »

Phoenix ne répond pas. C'est une bonne amie.

Le pont est très étroit. Avec l'équipement, traverser le pont est facile. Mais traverser avec Phoenix est plus difficile. Est-ce qu'il y a assez de place pour Phoenix sur ce petit pont ? Je suis nerveuse, car sous le pont, il y a beaucoup d'eau et de forts courants...

« Attention, Claire. Fais attention. » Je me le dis plusieurs fois.

J'ai besoin de beaucoup de concentration pour traverser. Je vais très lentement. Ça prend beaucoup de temps parce que c'est difficile.

J'arrive presque de l'autre côté du pont et je vois quelque chose de grand au loin. C'est une sculpture. Une énorme sculpture. Est-ce que c'est un mirage ?

La sculpture m'a distraite et j'ai perdu ma concentration.

Phoenix va vers la droite et faillit tomber dans la rivière.

Mais au dernier moment, je peux remettre la moto dans la bonne direction et Phoenix et moi arrivons de l'autre côté de la rivière.

Nous nous reposons quelques minutes. Je transpire beaucoup. Il fait chaud, mais je ne transpire pas à cause de la chaleur. Je transpire parce que je suis nerveuse.

« Phoenix, on l'a échappé belle[16], hein ? Espérons que c'en est fini des problèmes. Mais cette sculpture ... qu'est-ce que c'est ? »

Je cherche la sculpture des yeux dans les montagnes, mais je ne vois rien.

« Est-ce que c'était vraiment une sculpture ? » je me demande (et je

---

[16] on l'a échappé belle : it was a close call.

demande à Phoenix). « Je ne sais pas. Mais je ne veux pas m'inquiéter. C'est une belle journée pour faire de la moto. »

Il fait très nuageux maintenant, mais aussi partiellement ensoleillé.

J'organise toutes mes affaires et les mets sur Phoenix et une fois encore, nous partons pour une journée spectaculaire.

Chapitre 11

Phoenix et moi avons roulé pendant soixante-quinze kilomètres. Nous avons longé une rivière. Je regarde l'eau qui coule vite à cause de la pluie, comme si elle était en colère. Je regarde les belles montagnes et les canyons de couleur cuivre[17] : un peu de brun et un peu d'orange. C'est une très belle journée. Je suis très heureuse.

Après une heure de route, il y a moins de soleil et beaucoup plus de nuages. Des nuages gris et sombres. Il commence à pleuvoir.

Il pleut beaucoup. Et la pluie est forte.

Il est difficile de rouler sur la route, mais je continue mon chemin. Phoenix et moi allons bien mais soudain, la terre disparaît.

Et ce n'est pas un glissement de terrain mineur. Je ne vois plus la route. Je panique.

_____

[17] cuivre : copper.

« Oh non... Phoenix ! »

Je saute immédiatement de la moto. Et une scène horrible se déroule devant mes yeux[18] : ma moto qui descend la montagne, emportée par la terre.

Je descends rapidement la montagne ... Noooooooooon !

---

[18] se déroule devant mes yeux : (it) unfolds before my eyes.

Chapitre 12

J'ai de la chance d'être en vie, mais je n'ai pas le temps de réagir. Je vais sous la montagne pour aider mon amie Phoenix. Je vois l'essence qui fuit[19]... Oh, non !

Je pense à Phoenix et à l'essence. Comment est-ce que je vais sortir d'ici ?

J'arrive près de Phoenix en cinq secondes. J'essaye de soulever la moto, mais c'est difficile. Il pleut beaucoup et il fait de plus en plus chaud.

J'essaye vraiment d'être forte, mais c'est impossible de soulever mon amie.

Qu'est-ce que je vais faire ? Je suis seule dans le désert. Personne ne sait où je suis.

Je sors de l'eau et ma tente du coffre de la moto. Je retourne à l'endroit où il y a une intersection.

---

[19] fuit : (it) leaks.

J'installe ma tente et je commence à attendre.

J'attends.

Et j'attends.

Et j'attends encore.

Il ne pleut plus, mais il fait chaud la nuit. Attendre est horrible.

Il n'y a personne. Je n'entends rien. Je ne vois personne. Il n'y a personne sur des kilomètres.

Je suis seule.

*****

Je ne dors pas du tout. Le lendemain matin, je marche de nouveau vers Phoenix. Je n'ai plus de force. Je sors ma seule boîte de conserve, une boîte de haricots, et je retourne à la tente.

Et j'attends encore.

Et j'attends.

Et j'attends encore.

Chapitre 13

Je suis toujours à l'intersection de deux routes dans le Haut Atlas. Je suis sûre que je suis sur une montagne. Mais le peu de nourriture que j'ai est dans les sacs qui sont avec Phoenix, plus bas. J'ai besoin de cette nourriture parce que j'ai besoin de force. Et j'ai besoin de force parce que j'ai besoin d'aide. Je ne peux pas passer une autre journée seule dans le désert. Je n'ai pas assez de nourriture ou assez d'eau. Si je ne trouve pas d'aide, je ne survivrai pas.

Avant le lever du soleil, je descends la montagne jusqu'à Phoenix. Il fait moins chaud à cette heure de la journée, mais c'est quand même horrible.

Je descends prudemment. Je n'ai pas beaucoup de force parce que je suis sous le *choc* - de tout : le glissement de terrain, l'accident avec Phoenix, l'essence... Et parce que je suis ici – seule.

« Hé, Phoenix. Comment ça va ? » je dis à ma moto.

La moto ne répond pas, comme toujours, mais cette fois je suis bouleversée. Phoenix ne répond pas parce qu'elle aussi manque de force. Elle est sur une petite montagne et elle n'a plus d'essence. Comme moi, Phoenix est en mauvaise forme.

Le soleil se lève et la chaleur est horrible. Je dois monter sur la colline pour accéder à ma tente. Je vais devoir me reposer davantage.

Gravir la colline est très difficile avec la chaleur. Je fais plusieurs pas, puis je tombe.

« Ahhhh ! » je crie. « Je ne peux pas ! »

Je m'assois par terre pendant quelques instants et je réfléchis.

« *Je suis Claire. Je suis mécanicienne et je suis soudeuse. Je suis forte. Je ne vais pas mourir ici dans le désert.* »

Et avec cette détermination, j'essuie la sueur de mon visage, je me lève et je finis de gravir la colline.

Chapitre 14

J'arrive de nouveau là où se trouve ma tente. Oui, je suis forte, mais je n'ai pas la force de redescendre là où se trouve Phoenix.

Je m'assois à l'extérieur de la tente et sors le téléphone satellite. Pendant trois jours, il n'y avait pas de signal, mais aujourd'hui, je vois un signal fort sur l'appareil.

« C'est génial ! » Je ne dis à personne. Je vais pouvoir envoyer un message à ma famille.

Ma famille est incroyable. Mes parents en particulier sont phénoménaux. Ils m'aident et me soutiennent toujours. Ils ne me disent jamais « ma fille, tu as des idées impossibles » ou « c'est trop dangereux ». Non. Ils m'aident toujours, alors je leur envoyé un texto avec le téléphone satellite :

Ça va. Mais je suis seule dans les montagnes. Il y a eu un glissement de terrain. J'ai besoin d'aide.

Je ne peux pas envoyer un long message car je ne veux pas gaspiller la batterie de l'appareil.

Mon père, un homme gentil et très intelligent, répond presque immédiatement :

Nous avons besoin d'informations importantes : ton emplacement, le dernier hôtel dans lequel tu as séjourné et les noms des personnes que tu as rencontrées.

Je bois de l'eau et j'écris encore :

Le Haut Atlas Central, près du sentier, Atlas Ecolodge, parle à Aalyah là-bas.

Je ne suis pas vraiment contente d'avoir envoyé ce message à mon père, mais je me sens mieux. C'est lui qui peut m'aider.

Je reçois alors un autre message :

Ne t'inquiète pas. Sois forte. Nous t'aimons.

Chapitre 15

Un jour passe.

Et un autre.

Et un autre.

Il faut que je réfléchisse à chacune de mes actions. Je me dis : « *Je dois être logique si je veux survivre.* »

Ma vie est maintenant une série de problèmes de mathématiques et si je veux survivre, je dois être intelligente. Je n'ai plus qu'un litre d'eau et un peu de nourriture, il est très important de faire attention à toutes mes actions.

Je passe toute une journée à l'ombre d'une petite grotte sur la colline. La chaleur est forte et je transpire beaucoup. Et sans eau, j'ai de la difficulté à bien réfléchir. Je regarde le sol brun et les quelques plantes à proximité. Au loin, je vois les montagnes cuivrées. Je regarde aussi les oiseaux, si ce sont bien des oiseaux. Ce sont vraiment des oiseaux ou un mirage ?

Le son dans le canyon est incroyable. C'est incroyable parce que je n'entends rien, sauf mes propres pensées. Je pense à la situation dans laquelle je suis et à ma vie.

« *Je suis seule. Pour la première fois de ma vie, je suis complètement seule. Avant, j'avais d'autres personnes pour m'aider. Mais maintenant, je n'ai que moi. Et j'ai le pouvoir de faire quelque chose. Je suis la même personne, mais je suis aussi complètement différente. Je suis forte. Je vais résoudre ce problème. Je peux le faire.* »

Soudain, il y a du bruit. Je regarde à nouveau au loin. Est-ce que c'est un camion ? Quelqu'un qui vient m'aider ?

Non, il n'y a personne.

Je veux boire le reste de mon eau, mais soudain, je reçois un message de mes parents :

Comment vas-tu ? Nous avons parlé à Aalyah à l'hôtel et à la police. Sois forte. Les secours arrivent.

Le message de mes parents m'aide à être plus calme pendant un moment. Je leur écris :

Je vais bien. J'ai très chaud et je suis fatiguée. Mais je suis forte.

Je sais que mes parents sont inquiets. Je suis également inquiète, mais je ne veux pas en parler. J'écris :

« Je ne sais pas si je vais survivre. Mais si je survis à cette épreuve[20], je ne vais penser qu'à l'avenir. Le passé est le passé. L'avenir va être différent. »

---

[20] épreuve : ordeal.

Chapitre 16

Je suis consciente, mais à peine.

Après avoir passé beaucoup de temps sous la tente (quelques jours ? une semaine ? Je ne sais pas...) je suis en très mauvaise forme. Je ne vais pas bien. J'ai besoin de beaucoup d'aide. Je n'ai plus beaucoup de nourriture ou d'eau. Oui, il est vrai qu'une personne peut survivre plusieurs jours sans manger, mais il n'est pas possible de vivre sans eau potable. Et je n'en ai plus. La situation est très grave.

J'entends du bruit au loin. Est-ce que je rêve ? Oui, je rêve. Il n'y a personne d'autre que moi dans le canyon. Est-ce que je vais mourir ?

Je suis sur le point de fermer les yeux quand j'entends à nouveau un bruit. Le bruit s'amplifie. Est-ce que c'est un camion ?

Le bruit devient de plus en plus fort. Soudain, il y a d'autres bruits — j'entends des voix de gens :

« Voilà la tente ! »
« La moto est là-bas ! »
« Où est la fille ? »

Soudain, une personne ouvre la tente et me voit. Un homme s'exclame : « La voici ! Elle n'a pas l'air bien ». Il me dit : « Mademoiselle, nous sommes là pour vous aider. Voici de l'eau et du Gatorade. Buvez lentement. »

Je sais que je suis en très mauvaise forme et que je vais devoir consulter un médecin, mais je suis plus détendue maintenant : je ne suis plus seule.

Épilogue

Ouf ! Quelle expérience !

Je suis dans une clinique de la région. Je vais beaucoup mieux et je peux penser clairement. J'ai tiré de nombreuses leçons de cette expérience :

1. Oui, je suis forte. Je suis très forte. Je suis physiquement forte et mentalement forte aussi. Je peux continuer mon projet de faire le tour du monde.

2. Bien que je puisse voyager seule, je ne suis pas seule. Il y a beaucoup de gens gentils et bons partout dans le monde. Je pense à mes amis dans différentes régions de France et maintenant je pense à tous mes nouveaux amis marocains. J'ai toujours de bons amis partout.

3. Je dois bien me préparer et je dois considérer tous les itinéraires que je vais emprunter. Je suis forte, mais j'ai aussi besoin d'être responsable. Si je veux voyager sur des routes isolées dans les zones rurales, je vais devoir emmener quelqu'un d'autre avec moi.

Je suis prête à continuer mon chemin, à accomplir mon projet. Le projet Unus Mundus est un projet réaliste et fort. Et je suis forte aussi.

Et aujourd'hui, c'est le premier jour du reste de ma vie.

Glossaire

A

à - to, at
(d')abord - first
accomplir - to accomplish
(d')accord - okay
accéder - to access
acheter - to buy
acheté - bought
acier - steel
affaires - things
africaine - African
Afrique - Africa
agacé - annoyed
ai - have
aide - help(s)
aident - help
aider - to help
aime - like(s)
aimerais - would like
aimons - like
aimée - liked
aller - to go
allons - go
alors - so
ambitieux - ambitious
ami/e(s) - friend(s)

amitié - friendship
amplifie - amplified
années - years
appareil - apparatus
appeler - to call
appelle - calls
après - after
arabe - Arabic
argent - money
arrête - stop(s)
arrêtez-vous - stop
arrivent - arrive
arriver - to arrive
arrivons - arrive
arrivées - arrived
artiste - artist
as - have
assez - enough
assois - sit
attachées - tied
atteindre - to reach
attendais - waited
attendant - waiting
attendre - to wait
attends - wait

au - to the/at the
aujourd'hui - today
aussi - also
autoroute -
 highway
autre(s) - other(s)
aux - to the/at the
avais - had
avait - had
avant - before
avec - with
avenir - to come up
avis - opinion
avoir - to have
avons - have

B
bas - low
bateau - boat
batterie - drums
beau - beautiful
beaucoup -
 a lot
belle(s) - beautiful
besoin - need
bien - well
blonde - blond
blonds - blond
boîte - box
boire - to drink
bois - drink
bon/ne - good

bons - good
bottes - boots
boulangerie -
 bakery
bouleversée -
 upset
brève - short
bras - arms
bruit(s) - noise(s)
brun - brown
buvez - drink

C
c'/ça/ce - this
calme - calm
camion - truck
car - because
cas - case
casque - helmet
cause - cause
cent - hundred
cependant -
 however
ces - these
cette - this
chacune - each
chaleur - heat
chargée - loaded
chaud - hot
chef - chief
chemin - path
cherche - look(s)
 for

cheveux - hair
chez - at the home of
choc - shock
chose(s) - thing(s)
cidre - cider
cinq - five
cinquante - fifty
clairement - clearly
climatisation - air conditioning
climatisé - air conditioned
clinique - clinic
coffre - chest
colère - angry
colline - hill
comme - like, as
commençons - start
commence - start(s)
comment - how
commentaire(s) - comment(s)
complètement - completely
compliqué - complicated
comprend - understands

comprends - understand
compte - account
conduire - to drive
conduisent - drive
confiante - confident
connais - know
connus - known
consciente - conscious
conseils - advice
conserve - preserves
considérer - to consider
consulter - to consult
contacter - to contact
contacts - contacts
contente - happy
continue - continues
continuer - to continue
convient - fits
coule - sinks
couleur - color
courage - courage
courants - currents
courtes - short

crie - calls out
créatrice - creator
créer - to create
cuivre - copper
cuivrées - copper

D

d'/de - of, from
dangereuse -
  dangerous
dangereux -
  dangerous
dans - in, on
davantage - more
de(s) - of, from
décide - decides
découvrir - to
  discover
déjà - already
déjeuner - lunch
délicieux -
  delicious
demain - tomorrow
demande - ask(s)
démarrer - to start
départ - departure
dépasser - to
  exceed
dernier - latest
derniers - last
déroule - unroll
descend - descends
descends - descend

désert - desert
détendue - relaxed
détroit - straight
deux - two
deuxième - second
devant - in front of
devient - becomes
devoir - to have to
devons - have to
devrais - should
dieu - god
difficile(s) -
  difficult
difficulté -
  difficulty
différent/e(s) -
  different
dîner - to dine
dire - to say
dirigeons - let's
  lead
diriger - to lead
dis - say
disent - say
disparaît -
  disappears
distraite -
  distracted
dit - says
dois - must
donnent - give
donner - to give
dors - sleep

droite - right
du - of, from

E
eau - water
échappé - escaped
écoute - listen(s)
écris - write
écrit - write
écrivent - write
écrivez - write
également - equally
élaborer - to elaborate
elle - she
elles - they
emmener - to bring
emplacement - location
emportée - swept away
emprunter - to borrow
en - in, on
énorme - huge
encore - again
endroit(s) - place(s)
enlève - take off
enregistrer - to record

ensemble - together
ensoleillé - sunny
entends - hear
enthousiasme - enthusiasm
entre - between
entreprise - business
environ - about
envoye - send
envoyer - to send
envoyé - sent
épreuve - ordeal
équipement - equipment
es - are
Espagne - Spain
esprit - spirit
espérons - wait
essaye - try
essence - gasoline
essuie - wipe
est - is
et - and
était - was
étroit - narrow
eu - had
eue - had
eux - them
examiner - to examine

exclame - exclaim
expérience – experience
explique - explains
expliquer – to explain
explorer – to explore
extérieur - outside

F
facile - easy
faillit - fails
faim - hunger
faire – to do
fais – do
fait - does
famille - family
fatiguée - tired
faut - should
femme - woman
femmes - women
fermer – to close
fier/e(s) - proud
fille - girl
fini/e(s) - finished
fois - time
folles - crazy
font - do
force - strength
forme - form
fort/e(s) - strong
français - French
froid - cold
frontière - border
fuit - leaks

G
gagner – to win
gaspiller – to waste
généreux – generous
génial/e - awesome
gens - people
gentil(s) - nice
gentille - nice
glissement - slip
grâce - thanks
grand - big
grave - serious
gravir – to climb
gris - gray
grotte - cave
groupe - group
guitariste – guitarist

H
habitants – inhabitants
habituellement – usually
haricots – beans
haut – high
hé – hey

hein - eh
heure(s) - hour(s)
heureuse - happy
hier - yesterday
homme - man
huit - eight

I
ici - here
idiote - idiot
idée(s) - idea(s)
il - he
ils - they
immédiatement -
 immediately
impolie - rude
important/e(s) -
 important
importées -
 imported
impossible(s) -
 impossible
incroyable -
 incredible
industrie(s) -
 industry(ies)
indépendante -
 independent
inquiète - worry
inquiets - worried
inquiéter - to
 worry

installe - install
intéressant/e(s) -
 interesting
intéresse -
 interested
invité - guest
isolées - isolated
itinéraires - routes

J
j'/je - I
jamais - never
jeudi - Thursday
jour(s) - day(s)
journée - day
jusqu' - up to
juste - fair

K
kilométres -
 kilometers

L
l' - the
la - the
laissez - let
laquelle - which
le - the
leçons - lessons
lendemain - next
 day
lentement - slowly

lequel - which
les - the
leur - their
(me) lève - wake up
(se) lève - rises
lever - to get up
litre - liter
livres - books
logique - logic
loin - far
long/e - long
lui - him, her

M

m' - me
ma - my
macarons - macaroons
mademoiselle - miss
magasin - store
magnifique(s) - magnificent
maintenant - now
mais - but
maison(s) - house(s)
majeure - major
maman - mom
manger - to eat
manière - manner
manque - lack

marche - market
marchés - markets
mariés - married
Maroc - Morocco
marocain/e(s) - Moroccan
Marrakech - city in Morocco
mathématiques - math
matin - morning
mauvaise - bad
me - me, to me
mécanicien/ne - mechanic
mécanique - mechanical
médecin - doctor
méfier - beware
meilleur/e - better
mentalement - mentally
merci - thank you
merveilleux - wonderful
mes - my
message(s) - message(s)
mets - put
mieux - better
mineur - minor
moi - me
moins - less

mon - my
monde - world
montagne(s) –
     mountain(s)
monte - ride
monter - to ride
motarde(s) –
     biker(s)
moto(s) –
     motorcycle(s)
mots - words
mourir - to die
musicienne –
     musician
musique - music
musées - museums

N

n'/ne - not
natale - native
nécessaires –
     necessary
nerveuse - nervous
neuves - new
nom(s) – name(s)
nombreuses –
     numerous
nombreux –
     numerous
nord - north
notre - our
nourriture - food
nous - we

nouveau(x) - new
nouvelle(s) - new
nuages - clouds
nuageux - cloudy
nuit(s) – night(s)

O

objets - objects
ois - ow
oiseaux - birds
ombre - shadow
on - we
ordinateur –
     computer
organise - organize
ou - or
ouais - yeah
ouest - west
oui - yes
ouvre - open

P

panique - panic
papa - dad
par - by
parce que –
because
parfois - sometimes
parle - speak
parler - to speak
parlé - spoke
pars - leave
part - leaves

partager - to share
partenaire -
    partner
parti - left
particulier -
    particular
partie - part
partiellement -
    partially
partir - to leave
partons - leave
partout - all over
pas - not
passe - past
passer - to pass,
    spend
passes - pass
passé - past
pays - country
peine - pain
pendant - while
pense - think(s)
penser - to think
penses - think
pensées - thought
perdu - lost
personne(s) -
    person(s)
petit/e - small
peu - little
peuple - people
peur - fear
peut - can

peux - can
physique - physical
physiquement -
    physically
phénoménaux -
    phenomenal
piste - track
piétons -
    pedestrians
(s'il te) plaît -
    please
place - square
planifie - planned
planifier - to plan
plantes - plants
plein - full
pleut - rains
pleuvoir - to rain
pluie - rain
plus - more
plusieurs - several
pont - bridge
porte - door
pose - ask(s)
possède - possesses
potable - drinkable
pour - for
pourquoi - why
pourrais - could
pouvoir - to be
    able
préparer - to
    prepare

première - first
premier - first
prend - takes
prendre - to take
prends - take
presque - almost
prie - pray
problème - problem
profiter - to profit
profonde - deep
projet(s) - project(s)
propres - clean
proximité - proximity
prudemment - cautiously
précis - specific
précisément - specifically
préféré/e(s) - favorite
prépare - prepare(s)
préparer - to prepare
préparé(e) - prepared
prévois - plan
puis - then
puisque - since

puisse - may

Q
qu' - what
quand - when
quatre - four
que - that
quel/le - what
quelqu' - someone
quelque(s) - someone
qui - who
quinze - fifteen
quitte - leave(s)
quoi - what

R
(a) raison - is right
rapidement - quickly
rapides - fast
rapport - relationship
ravie - delighted
réagir - to react
réaliste - realistic
recherches - research
redescendre - to go down
réfléchir - to think
réfléchis - think
réfléchisse - think

regarde - look(s)
regarder - to look
région(s) - region(s)
remettre - to put back
rencontre - meet(s)
rencontrer - to meet
rencontrées - met
rende - return/s
rendre - to return
rentrer - to come back
réparer - to fix
répond - responds
reposer - to rest
reposons - rest
représente - represent/s
résoudre - to solve
respecte - respect
responsable - responsible
reste - stay(s)
rester - to stay
retourne - return(s)
rêve - dream(s)
(au) revoir - 'bye
revue - review
rien - nothing

rivière - river
roule - ride
rouler - to ride
roulé - rolled
rurales - rural

S
sa - his, her
sacoches - saddlebags
sacs - bags
sais - know
sait - knows
sans - without
sauf - except
saute - jump(s)
scène - scene
secondes - seconds
secours - rescue
séjourné - stayed
selon - according to
semaine - week
sens - meaning
sentier(s) - path(s)
serait - would be
série - series
serre - hug
ses - his, her
seule - only
si - if
sidérurgique - steelmaking
soin - care

soir - evening
sois - be
soixante - sixty
sol - ground
soleil - sun
sombres - dark
sommes - are
son – his, her
sont - are
sors - leave
sortir - to leave
soudage - welding
soudain - suddenly
soudeuse - welder
soulever - to raise
sourire - to smile
sous - under
soutiennent - support
spectaculaire - spectacular
stupide - stupid
sud - south
sueur - sweat
suis - am
suite - rest
(tout de) suite - right now
sur - on
survis - survive
survivrai – will survive

survivre - to survive
sympa - nice
sympathique - nice

T
t'/te - you, to you
ta - your
(de) tas de - many
tatouages - tattoos
te - you, to you
tellement - so much
temps - time
tente - tent
terrain - ground
terre - land
texto - text
tiré - pulled
toi - you
toilettes - bathroom
tombe - fall(s)
tomber - to fall
ton - your
toujours - always
tous - all
tout/e(s) - all
traduction - translation
traduit - translates
trafic - traffic

transpire - sweat(s)
travail - work
travaille - work(s)
travailler - to work
travers - through
traverser - to cross
très - very
trépied - tripod
trois - three
trop - too much
trouve - find(s)
tu - you

U
un/e - a, an
université - university
urgence - emergency
utile - useful

V
va - goes
vais - go
vallée - valley
vas - go
venir - to come
vérité - truth
vers - towards
veste - jacket
veut - wants
veux - want
vie - life

viens - come
vient - come
ville(s) - town(s)
visage - face
visite - visit(s)
visiter - to visit
vit - lives
vite - quickly
vivre - to live
voici - here
voilà - there
voir - to see
vois - see
voit - sees
voitures - cars
voix - voice
voudrais - would like
vous - you
voyage - trip
voyageons - travel
voyager - to travel
voyageuse - traveler
voyagé - travelled
vrai - true
vraiment - truly
vues - saw

Y
y - there
yeux - eyes

ABOUT THE AUTHOR

Jennifer Degenhardt taught high school Spanish for over 20 years and now teaches at the college level. At the time she realized her own high school students, many of whom had learning challenges, acquired language best through stories, so she began to write ones that she thought would appeal to them. She has been writing ever since.

Other titles by Jen Degenhardt available on Amazon:

La chica nueva | La Nouvelle Fille | <u>The New Girl</u>
La chica nueva (the ancillary/workbook
volume, Kindle book, audiobook)
Chuchotenango | *La terre des chiens errants*
Pesas
El jersey | <u>The Jersey</u> | *Le Maillot*
La mochila | <u>The Backpack</u> | *Le sac à dos*
Moviendo montañas | *Déplacer les montagnes*
La vida es complicada | *La vie est compliquée*
Quince | <u>Fifteen</u>
El viaje difícil | *Un Voyage Difficile* | <u>A Difficult Journey</u>
La niñera
Fue un viaje difícil
Con (un poco de) ayuda de mis amigos
La última prueba
Los tres amigos | <u>Three Friends</u> | *Drei Freunde* | *Les Trois Amis*
María María: un cuento de un huracán | <u>María María:</u>
<u>A Story of a Storm</u> | Maria Maria: un histoire d'un
orage
Debido a la tormenta
La lucha de la vida | <u>The Fight of His Life</u>
Secretos
Como vuela la pelota
Cambios | <u>Changes</u> | *Changements* graphic novel

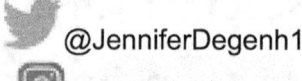 @JenniferDegenh1

@jendegenhardt9

@puenteslanguage &
World LanguageTeaching Stories (group)

Visit www.puenteslanguage.com to sign up to receive
information on new releases and other events.

Check out all titles as e-books with audio on
www.digilangua.co.

ABOUT THE TRANSLATOR

Lilah Perrotti is a college student at Concordia University in Montreal, Canada. She loves the French language, jazz singing and expanding her knowledge. When not translating and researching for the author, Lilah can be found making the best coffee in the state of Connecticut.

ABOUT THE COVER ARTIST

Hello all! My name is Ella and I'm a junior and Belmont High (at time of submission). I love to put my creative side to use, which is why I was very excited to get the opportunity to illustrate this book cover. I've always had a passion for art and putting intangible ideas into physical pieces of art that can be touched or looked at. Although art is a huge part of my life, it is not the only thing that's important to me. I also enjoy playing sports and working out; it is a good stress reliever for me. I take pride in my academics and love to learn and grow as a student. I'm an animal lover; my cat is probably my best friend. Overall, making this book cover was a fun experience and I recommend it to anyone who gets the chance.